Der Meister der Fäden

Thriller

George P. Tombs

© 2023
likeletters Verlag
Inh. Martina Meister
Legesweg 10
63762 Großostheim
www.likeletters.de
info@likeletters.de

Autor: George P. Tombs

ISBN: 9783946585374

Teilweise kam für dieses Buch künstliche Intelligenz zum Einsatz

Dies ist eine frei erfundene Geschichte. Ähnlichkeiten mit real existierenden Personen sind zufällig und nicht beabsichtigt.

Inhaltsverzeichnis

Kapitel 1

In der nächtlichen Stille flackerten die Blaulichter der Polizeiwagen am Tatort, als stumme Zeugen in der Dunkelheit.

Kommissarin Lara Keller schritt entschlossen durch das Absperrband, ihr Blick fixiert auf die bizarren Details vor ihr.

Im Herzen des verlassenen Lagerhauses, umgeben von einem künstlich erzeugten Nebel, entdeckte sie das Opfer.

Es war eine Szene von makabrer Faszination: Eine Frau, Anfang dreißig, schwebte in der Luft, ihre Glieder von dünnen Fäden in einer tänzerischen Pose gehalten, die Füße knapp über dem Boden, als tanzte sie in Stille.

Das Opfer trug ein opulentes Kleid, das an das späte 19. Jahrhundert erinnerte, verziert mit Spitze und Perlen, die im Scheinwerferlicht glitzerten.

Ihr Gesicht war mit sorgfältigem Make-up bedeckt, die Lippen zu einem tragischen Lächeln geformt. Um sie herum waren Requisiten arrangiert: ein alter Schreibsekretär, ein verblichener Brief, eine verwelkte Rose, eine Spieluhr, deren leise Melodie die Stille durchbrach.

Auf ihrer Stirn hatte der Mörder ein Symbol hinterlassen. Zwei miteinander verbundenen Theatermasken, die von Schlangen umwunden wurden.

«Er hat ein Flair für Dramatik», murmelte Lara, während sie den Raum untersuchte.

Mike Sullivan, ihr langjähriger Partner, trat neben sie. «Sieht aus, als hätte er die Fäden gewoben, nicht aufgehängt. Ein wahrer Künstler der Täuschung.»

Sie nickte, ihre Gedanken rasten. Der Mörder hatte ein Kunstwerk erschaffen, ein eingefrorenes Bild eines tragischen Theaterstücks.

Draußen ging das Leben weiter, ahnungslos von der Dunkelheit, die in ihrer Mitte lauerte. Sie musste diesen Schatten aufdecken, bevor der Mörder sein nächstes Werk vollendete. Und was konnte das Symbol für eine Bedeutung haben?

«Es gibt noch etwas.», bestätigte Mike. «Die Fingerabdrücke deines Bruders sind hier.»

Das traf sie wie ein Schlag. Ihr Bruder David, der einst brillante Kriminalpsychologe, hatte sich seit Jahren von der Welt abgewandt.

Er war niemals persönlich hier. Konnte es nicht gewesen sein. Der Täter wusste das. Nun musste sie David zurückholen, um den Täter zu stoppen.

Lara beugte sich zum Opfer, das Make-up konnte den unwiderruflichen Stempel des Todes nicht verbergen.

«Wie hat er sie hierher gebracht, ohne Spuren zu hinterlassen?»

«Vielleicht eine Art Hebevorrichtung», mutmaßte Mike. «Aber es gibt keine Anzeichen dafür. Es ist, als wäre sie magisch erschienen.»

Lara richtete sich auf, ihr Blick glitt durch den Raum. «Dieser Ort war seine Bühne. Er hat alles vorbereitet, kannte jeden Winkel.»

Mike nickte. «Keine Hinweise, keine Spuren, außer denen des Opfers und deines Bruders.»

Lara verließ das Lagerhaus, der Morgen dämmerte bereits. Dies war mehr als ein Fall; es war persönlich.

Der Täter hatte nicht nur ein neues Opfer hinzugefügt, er hatte eine Nachricht hinterlassen, direkt an sie adressiert.

Als sie in die kühle Morgenluft trat, wusste Lara, dass dies nicht nur ein Kampf gegen die Zeit, sondern auch gegen ihre eigene Vergangenheit war.

Kapitel 2

Lara ging durch die erwachende Stadt, die ersten Sonnenstrahlen brachen durch die Hochhausschluchten.

Ihr Kopf war voller Fragen – nicht nur über den Fall, sondern auch über David, ihren Bruder, der einst ihr engster Verbündeter gewesen war.

Er hatte sich von allem zurückgezogen, nachdem ihre Schwester verschwunden war, wahrscheinlich ein weiteres Opfer dieses unbarmherzigen Mörders.

Sie erreichte ihr Auto, ein unauffälliger Viertürer, der sich gut für Undercover-Arbeit eignete. Während sie die Tür öffnete, vibrierte ihr Handy.

Es war eine Nachricht von Mike: «Spurensicherung ist durch. Keine neuen Erkenntnisse. Wir stehen vor einem Rätsel.»

Lara seufzte und startete den Motor. Der nächste Schritt war klar: Sie musste David finden. Sie tippte eine kurze Antwort: «Ich kümmere mich um David. Treffen uns später im Büro.»

Die Fahrt zu Davids abgelegenem Haus am See war lang und gab Lara Zeit, ihre Gedanken zu ordnen.

Sie erinnerte sich an David, wie er früher war – leidenschaftlich, scharfsinnig, mit einem untrüglichen Gespür für die dunklen Abgründe der menschlichen Psyche. Aber der Verlust ihrer Schwester hatte ihn gebrochen.

Als sie das Haus erreichte, war der See von Nebelschwaden umhüllt, die die morgendliche Stille noch eindrucksvoller machten. Sie klopfte an die Tür, keine Antwort. Mit einem mulmigen Gefühl drückte sie die Klinke herunter – die Tür war unverschlossen.

Im Inneren fand sie David in seinem Arbeitszimmer, umgeben von Bücherstapeln, Notizen und alten Fallakten.

Seine Augen, einst voller Energie, waren jetzt müde und abwesend.

«David, wir müssen reden», begann Lara, doch ihre Stimme zitterte.

Er hob den Blick, überrascht, sie zu sehen. «Lara? Was… was machst du hier?»

«Es geht um den neuesten Fall. Der Meister der Fäden. Er hat wieder zugeschlagen.»

David schloss kurz die Augen, als ob ihn diese Worte schmerzten. «Ich… Ich kann dir nicht helfen, Lara. Ich habe diese Welt hinter mir gelassen.»

«Aber deine Fingerabdrücke, David. Sie waren am Tatort.»

David stand abrupt auf, sein Stuhl fiel um. «Das ist unmöglich. Ich war da nicht. Ich schwöre es dir.»

Laras Blick wurde fest. «Das ist mir klar, David. Wir brauchen dich. Du kennst seinen Verstand besser als jeder andere.»

Er ging ans Fenster, starrte auf den Nebel, der über dem See tanzte. «Selbst wenn ich wollte, Lara, ich bin nicht mehr der Mann, der ich war. Diese Fälle, das Verschwinden von Sarah – sie haben mich verändert.»

«Aber wenn du uns nicht hilfst, wer dann?» Lara trat näher, legte ihre Hand auf seine Schulter. «Ich verstehe deinen Schmerz, aber wir müssen ihn aufhalten.»

David drehte sich langsam zu ihr um. In seinen Augen flackerte etwas auf – ein Funken von dem alten Feuer. «Ich… Ich werde es versuchen, Lara. Aber ich verspreche nichts.»

Lara nickte, erleichtert, aber immer noch besorgt. Sie wusste, dass der Weg vor ihnen kein einfacher sein würde. Der Täter war ein Gegner wie kein anderer. Das Ganze war persönlich.

«Da ist noch etwas», Lara zog ihr Handy hervor und zeigt David ein Foto des Symbols, das auf die Stirn des

Opfers gemalt worden war. «Kennst du dieses Symbol?»

David schaute sich das Bild an und schüttelte den Kopf.

«Die Masken könnten etwas mit Theater zu tun haben. Ich glaube, ich habe sowas schon einmal gesehen. Aber die Schlangen? Keine Ahnung, was das bedeuten soll.»

Nachdem Lara Davids Haus verlassen hatte, fühlte sie sich gleichzeitig erleichtert und beunruhigt. David hatte zwar zugestimmt zu helfen, aber seine Zustimmung war zögerlich und von Selbstzweifeln überschattet.

Sie wusste, dass sie ihn nicht drängen konnte, doch die Zeit drängte.

Auf der Rückfahrt in die Stadt rief sie Mike an. «Ich habe mit David gesprochen. Er ist… widerwillig dabei.»

«Das ist schon mal etwas», antwortete Mike. «Ich habe in der Zwischenzeit den Tatort noch einmal überprüft. Es gibt etwas, das wir übersehen haben.»

«Was denn?»

«Das Opfer, Astrid Maier. Sie war Historikerin, spezialisiert auf das 19. Jahrhundert. Das erklärt die Szene, die der Täter inszeniert hat. Ihre Familie ist am Boden zerstört. Ihr Mann kann nicht fassen, dass jemand Astrid so etwas antun würde. Sie hinterlässt zwei kleine Kinder.»

Laras Gedanken rasten. «Das bedeutet, es könnte ein Muster geben. Vielleicht wählt er seine Opfer nach ihrem Wissen oder ihrer Verbindung zur Vergangenheit aus.»

«Genau. Ich denke, wir sollten uns in diese Richtung weiter vertiefen.»

Kapitel 3

Als Lara ins Büro zurückkehrte, war der Raum bereits in ein hektisches Gewusel von Aktivität getaucht.

Sie arbeitete sich durch Akten und Berichte, versuchte ein Muster in den Wahnsinn des Mörders zu bringen. Jedes Opfer schien sorgfältig ausgewählt zu sein, nicht zufällig, sondern mit einer spezifischen Absicht.

David kam am späten Nachmittag an. Er sah erschöpft aus, aber in seinen Augen lag eine Entschlossenheit, die Lara seit Jahren nicht mehr gesehen hatte. Gemeinsam mit Mike begannen sie, die Verbindungen zwischen den Opfern zu analysieren.

«Es ist wie eine Botschaft», murmelte David. «Jedes Opfer ist Teil eines größeren Bildes. Wir müssen nur herausfinden, was er uns sagen will.»

Die Stunden vergingen, während sie arbeiteten. Stück für Stück setzten sie das Puzzle zusammen. Jedes Opfer hatte eine Verbindung zur Geschichte, sei es durch ihren Beruf, ihre Forschung oder ihre Hobbys.

«Er erschafft seine eigene Geschichte, ein narratives Kunstwerk aus Tod und Vergangenheit», sagte Lara nachdenklich.

«Und jedes Opfer ist ein Kapitel in seinem kranken Buch», fügte David hinzu. «Aber was ist das Ende? Was will er erreichen?»

Die Nacht brach herein, und sie arbeiteten weiter, getrieben von einer Mischung aus Furcht und Entschlossenheit. Draußen in der Dunkelheit wartete der Täter, bereit, sein nächstes Werk zu vollenden.

Aber Lara, Mike und David waren ihm auf der Spur, fest entschlossen, ihn zu stoppen, bevor er wieder zuschlagen konnte. Im Hinterkopf behielt Lara das

Bild von Astrids Familie, ein ständiger, schmerzhafter Antrieb, der sie daran erinnerte, was auf dem Spiel stand.

Kapitel 4

Das Verschwinden von Sarah vor fünf Jahren war der Beginn einer düsteren Serie von Ereignissen, die Lara und David bis heute verfolgten.

Anstelle eines Körpers hatte der Täter damals eine lebensgroße Marionette hinterlassen, die Sarahs Aussehen detailgetreu nachahmte. Dieser makabre Fund hatte damals für großes Aufsehen gesorgt, doch es war nur der Anfang.

In den folgenden Jahren verübte der Täter eine Reihe von Morden, von denen jeder sorgfältig inszeniert und mit einem bestimmten historischen Thema verbunden war.

Jedes Opfer hatte eine tiefe Verbindung zur Geschichte – ein Restaurator antiker Gemälde, ein Experte für die Renaissance, ein Archäologe, der sich auf das alte Ägypten spezialisierte, und zuletzt Astrid Maier, eine Historikerin des 19. Jahrhunderts.

«Es ist, als würde er durch die Zeit reisen, um seine Opfer auszuwählen», sagte Lara, während sie auf die Karte der Stadt blickte, auf der die Orte der Morde markiert waren.

«Und jedes Mal hinterlässt er eine Botschaft, ein Stück seines Puzzles», fügte David hinzu. «Die Marionette, die Sarah darstellte, war der Beginn. Er wollte, dass wir wissen, dass er sie genommen hatte, ohne uns Gewissheit zu geben, was genau passiert ist.»

«Er spielt ein Spiel», murmelte Mike. «Aber was ist das Ziel?»

Sie arbeiteten die ganze Nacht durch, versuchten, die Verbindung zwischen den Opfern, den historischen Themen und den geografischen Orten zu ent-wirren.

Jedes Detail könnte sie dem Täter einen Schritt näherbringen und vielleicht Antworten auf das Schicksal von Sarah geben.

Inmitten ihrer Ermittlungen klingelte Laras Telefon. Ein anonymer Anrufer behauptete, wichtige Informationen über den Meister der Fäden zu haben.

Sie trafen den Anrufer, einen nervösen Mann, der von einem Gespräch in einem Antiquariat berichtete, bei dem er eine Tätowierung bemerkte, die ein mittelalterliches Symbol zeigte – ähnlich dem, das sie bei Astrid Maier gefunden hatten.

Sie hatten eine Zeichnung dieses Symbols veröffentlicht, in der Hoffnung, es könnte Hinweise aus der Öffentlichkeit dazu geben.

«Das könnte unser Durchbruch sein», sagte Lara, während sie das Café verließen. Sie fühlten, dass sie dem Täter näher kamen.

Aber jede Entdeckung brachte auch die harte Erinnerung an Sarahs ungeklärtes Schicksal zurück.

In einem abgeschiedenen Raum, umgeben von alten Büchern und Karten, saß der Täter, vertieft in seine Gedanken über die nächste Bewegung.

Die Wände waren tapeziert mit Fotos, Zeitungsausschnitten und Notizen, die ein komplexes Netz aus Vergangenheit und Gegenwart bildeten. In der Mitte des Raumes stand ein Tisch, beladen mit einer Sammlung von historischen Artefakten und alten Werkzeugen.

Er betrachtete eine alte Karte der Stadt, auf der mit feinen Linien die Orte der Morde verbunden waren. Jedes Opfer war sorgfältig ausgewählt, jedes Detail genau geplant.

Dies war nicht nur ein Spiel des Terrors, es war eine Darbietung, eine Botschaft, die mit jedem Akt deutlicher wurde.

Ein dünnes Lächeln spielte um seine Lippen. Sie waren ihm auf der Spur, das war sicher. Aber sie verstanden noch nicht das ganze Bild.

Sie sahen nicht die Verbindung, die alles zusammenhielt, die Fäden, die in der Vergangenheit begannen und sich bis in die Gegenwart spannten.

Er nahm eine kleine Figur in die Hand – eine Miniaturausgabe der Marionette, die er vor Jahren zurückgelassen hatte. Sarahs Abbild. Es war ein symbolischer Akt gewesen, ein Beginn von etwas, das größer war als Rache oder Hass. Eine Transformation.

Beim Betrachten der Figur dachte er an seine erste Inszenierung. Nur zu gern hätte er die Gesichter der Ermittler gesehen, als sie das makabre Kunstwerk entdeckten.

Es war der erste Schritt auf einem langen, dunklen Pfad gewesen, der Anfang einer Geschichte, die er selbst schrieb.

Er stellte die Figur zurück auf den Tisch und blickte auf die Karte. Der nächste Schritt musste sorgfältig geplant werden. Er kannte Lara und

David gut, ihre Methoden, ihre Denkweise. Es war fast wie ein Spiel mit alten Freunden – nur dass die Einsätze tödlich waren.

Der Täter wusste, dass die Zeit knapp wurde. Bald würden Lara und David die Puzzleteile zusammenfügen. Aber er war bereit. Er hatte jahrelang auf diesen Moment gewartet und würde nicht zulassen, dass irgendetwas seine Pläne durchkreuzte.

Er schaute noch einmal auf die Karte, dann löschte er das Licht und verließ den Raum. Draußen wartete die Nacht, ein perfekter Schleier für das nächste Kapitel seiner Geschichte.

Kapitel 5

Nachdem sie den anonymen Hinweis im Café erhalten hatten, kehrten Lara, David und Mike ins Büro zurück, um ihre nächsten Schritte zu planen.

Die Information über die Tätowierung, die ein mittelalterliches Symbol darstellte, schien ein weiteres Puzzleteil in dem komplexen Fall des Meisters der Fäden zu sein.

Lara setzte sich an ihren Schreibtisch und tippte schnell auf ihrem Laptop. «Ich werde versuchen, mehr über dieses Symbol herauszufinden. Vielleicht führt es uns zu einem spezifischen historischen Kontext oder sogar zu einer Gruppe oder Person.»

David stand am Fenster und blickte nachdenklich auf die nächtliche Stadt.

«Wir dürfen nicht vergessen, wie dieser Täter denkt. Jedes Detail, das er hinterlässt, ist ein Teil seiner Inszenierung, ein Stück der Geschichte, die er erzählen will.»

Mike nickte zustimmend und wälzte durch Akten. «Ich werde alle früheren Opfer noch einmal durchgehen. Vielleicht gibt es eine Verbindung, die wir übersehen haben.»

Während sie arbeiteten, blieb Laras Gedanke an die Marionette, die Sarahs Abbild nachahmte, beständig in ihrem Hinterkopf.

Es war das erste Zeichen des Mörders gewesen, ein Startpunkt ihrer langen und verworrenen Jagd. Sie konnte nicht anders, als sich zu fragen, ob es mehr hinter Sarahs Verschwinden gab, als sie ursprünglich angenommen hatten.

Spät in der Nacht fand Lara einen Hinweis.

«Ich habe etwas», rief sie aus. «Das Symbol, es gehört zu einer seltenen mittelalterlichen Sekte, bekannt für ihre okkulten Rituale und ihre Faszination für den Tod. Diese Sekte soll es allerdings nicht mehr geben.»

David trat an ihren Schreibtisch und überblickte die Informationen. «Das könnte erklären, warum der Täter solch ein theatralisches Flair in seinen Inszenierungen hat. Vielleicht sieht er sich als eine Art moderner Nachfolger dieser Sekte.»

«Das ist gut möglich», fügte Mike hinzu, während er aufblickte. «Und wenn wir diese Spur weiterverfolgen, könnten wir vielleicht endlich herausfinden, wer hinter all dem steckt.»

Sie arbeiteten bis in die frühen Morgenstunden, wobei sie jede Spur verfolgten und jedes Detail analysierten.

Trotz ihrer Müdigkeit waren sie getrieben von der Notwendigkeit, den Täter zu stoppen, bevor er sein nächstes Opfer finden konnte.

Als der Morgen graute, hatten sie eine Liste möglicher Verdächtiger zusammengestellt. Viele davon waren ein Schuss ins Blaue, doch immerhin hatten sie Verbindungen zu den Opfern.

Lara lehnte sich in ihrem Stuhl zurück und rieb sich die müden Augen. «Wir sollten uns aufteilen und diese Verdächtigen befragen. Vielleicht finden wir so den entscheidenden Hinweis.»

David nickte zustimmend. «Ich werde einige der historischen Verbindungen weiterverfolgen. Vielleicht gibt es dort etwas, das wir übersehen haben.»

Die drei beschlossen, sich wenige Stunden Schlaf zu gönnen, bevor sie zu ihren unterschiedlichen Aufgaben zurückkehrten.

Kapitel 6

Lara betrat das Antiquitätengeschäft von Herrn Johann Weber, einem Mann in seinen späten Fünfzigern mit einer Vorliebe für Geschichte und seltenen Antiquitäten.

Sein Laden war eine Schatzkammer von Gegenständen aus verschiedenen Epochen, jeder mit seiner eigenen Geschichte.

«Herr Weber, ich hätte ein paar Fragen zu Ihren geschäftlichen Aktivitäten», begann Lara, während sie einen Blick über die Regale mit alten Büchern und Artefakten warf. «Ich bin besonders an den Stücken interessiert, die eventuell eine besondere historische oder kulturelle Bedeutung haben», fügte sie hinzu, um ihre Anfrage so unauffällig wie möglich erscheinen zu lassen.

Weber, ein schlanker Mann mit gepflegtem grauem Bart, schaute auf.

«Natürlich, Kommissarin Keller. Aber ich versichere Ihnen, mein Geschäft ist rein legal.»

Lara nickte. «Es geht um eine bestimmte mittelalterlichen Sekte.» Sie zeigte Weber das Symbol. «Haben Sie Objekte, die damit in Verbindung stehen, verkauft oder erworben?»

Er runzelte die Stirn.

«Meine Interessen in der Geschichte sind weitreichend, aber ich bin kein Anhänger irgendwelcher Sekten. Ich handle nur mit Objekten, die kulturell oder historisch wertvoll sind. Dieses Symbol kenn ich nicht in dieser Form. Die zwei Masken stellten im Mittelalter das Theater dar. Doch die Schlangen gehören normalerweise nicht dazu.»

Lara beobachtete seine Reaktionen genau.

«Sind Sie sich der okkulten Bedeutung dieser Objekte bewusst, Herr Weber?»

«Natürlich», antwortete er. «Aber das ist Teil ihrer Faszination. Ich bin ein Händler, kein Praktizierender. Ich verkaufe Geschichte, keine Geheimnisse.»

Während des Gesprächs bemerkte Lara eine Karte an der Wand, die mit verschiedenen Markierungen versehen war. Sie näherte sich ihr, um einen genaueren Blick zu werfen.

Die Karte zeigte die Stadt mit verschiedenen historischen Stätten, von denen einige mit roten Punkten markiert waren.

«Interessante Karte, Herr Weber. Was bedeuten diese Markierungen?»

Weber folgte ihrem Blick.

«Oh, das», sagte er, eine Hand leicht auf die Karte legend. «Das ist ein persönliches Projekt von mir – eine detaillierte Karte der historischen Stätten unserer Stadt. Jede Markierung repräsentiert einen Ort, an dem ich entweder ein interessantes Stück für meine Sammlung erworben oder etwas über ein bestimmtes Artefakt erfahren habe.»

Lara machte unauffällig ein Foto der Karte. «Danke, Herr Weber. Sie waren sehr hilfreich.»

Während Lara das Antiquitätengeschäft verließ, reflektierte sie über Herrn Weber. Trotz der interessanten Informationen, die sie erhalten hatte, kam er als direkter Täter nicht infrage.

Sie erinnerte sich daran, dass er erst kürzlich von einem längeren Urlaub im Ausland zurückgekehrt war. Dies schloss ihn als Täter aus.

David parkte seinen Wagen ein paar Straßen vom Haus der Maiers entfernt. Er wusste, dass seine Rolle als nicht-polizeilicher Ermittler eine andere Herangehensweise erforderte, besonders im familiären Umfeld eines Opfers.

Der Verlust von Astrid Maier hatte eine spürbare Lücke hinterlassen, und David fühlte eine Mischung aus Mitgefühl und Entschlossenheit, als er sich dem Haus näherte.

David betrat das ruhige, von Trauer erfüllte Haus der Maiers mit einer Mischung aus Mitgefühl und Bestimmtheit.

Die Tür wurde von einem Mann mittleren Alters geöffnet, dessen Augen die Spuren zahlloser schlafloser Nächte zeigten.

«Herr Maier? Mein Name ist David Keller. Ich arbeite mit der Polizei zusammen, um den Tod Ihrer Frau zu untersuchen. Könnte ich Ihnen ein paar Fragen stellen?»

Herr Maier nickte stumm und führte David ins Wohnzimmer, wo jedes Detail von Astrids Abwesenheit zeugte. David nahm behutsam Platz und begann mit den Fragen.

«Erzählen Sie mir bitte über die letzten Tage von Astrid. Hat sie etwas erwähnt oder getan, das ungewöhnlich erschien?»

Herr Maier seufzte. «Sie war… besorgt. Astrid sprach über ihre Forschungen, ihre Bedeutung. Aber sie fühlte sich beobachtet, verfolgt sogar.»

«Hatte sie Probleme mit jemandem?», hakte David nach, während er Notizen machte.

«Nicht, dass sie es mir erzählt hätte», antwortete Herr Maier. «Sie war sehr leidenschaftlich bei ihrer Arbeit, aber in den letzten Tagen schien sie nervös, fast paranoid.»

«Gab es jemanden in ihrem Arbeitsumfeld, der ihr Unbehagen bereitet haben könnte? Vielleicht jemand mit einem speziellen Interesse an ihrer Arbeit?», fragte David weiter.

Herr Maier zögerte. «Sie erwähnte einen Mann, der häufig in der Bibliothek war, wo sie forschte. Ein gewisser Moritz. Er zeigte ein intensives Interesse an den Dokumenten, die sie studierte.»

Dieser Hinweis ließ David aufhorchen. «Wissen Sie sonst noch etwas über diesen Moritz?»

«Nur, dass Astrid ihn seltsam fand. Gebildet, aber irgendwie unheimlich.»

Nachdem das Gespräch beendet war, dankte David Herr Maier und versicherte ihm, dass sie alles tun würden, um Klarheit in den Fall zu bringen. Das Mysterium um Astrids Tod verdichtete sich, und er spürte, dass sie dem Kern der Sache allmählich näherkamen.

Nachdem das Gespräch mit Herrn Maier beendet war, bemerkte David, dass eine ältere Dame aus einer Tür am Ende des Flurs blickte. Es war Frau Fischer, Astrids Mutter. Ihr Gesicht zeigte die Spuren tiefer Trauer, aber auch eine gewisse Stärke, die ihr wohl durch das Leben gegeben wurde.

David entschied, auch sie zu befragen. Er näherte sich ihr vorsichtig. «Frau Fischer? Mein Name ist David Keller. Ich arbeite daran, mehr über Astrids letzte Tage zu erfahren. Könnte ich Ihnen ein paar Fragen stellen?»

Frau Fischer nickte und führte David in ein kleines, gemütliches Zimmer.

«Astrid war mein einziges Kind», begann sie mit brüchiger Stimme. «Sie war so voller Leben, immer von Büchern umgeben. Es ist schwer zu glauben, dass sie nicht mehr hier ist.»

«Erinnern Sie sich, ob Astrid irgend-welche Sorgen oder Ängste in ihren letzten Tagen geäußert hat?», fragte David sanft.

«Sie schien besorgt über ihre Arbeit, über die Sicherheit bestimmter Dokumente», erklärte Frau Fischer. «Und sie erwähnte einmal beiläufig, dass sie das Gefühl hatte, jemand beobachte sie. Aber ich dachte, es sei nur der Stress.»

David machte eine kurze Pause, bevor er weiterfragte. «Kannte Astrid jemanden, der sie beunruhigte oder bedrohte?»

Frau Fischer überlegte einen Moment. «Nicht wirklich. Das ist alles so schlimm. Wie damals, bei einer Bekannten von Astrid, ich glaube, ihr Name war Sarah. Sie verschwand vor ein paar Jahren spurlos. Nur, dass es für mein Mädchen keine Hoffnung mehr gibt.»

Tränen schimmerten in Frau Fischers Augen.

David spürte, wie sein Herz einen Schlag aussetzte. Sarahs Name in diesem Kontext zu hören, brachte eine

Welle von Emotionen mit sich. Er musste sich zusammenreißen, um nicht seine Fassung zu verlieren.

«Wissen Sie, was mit dieser Sarah geschehen ist?», erkundigte er sich, bemüht, seine Stimme neutral klingen zu lassen.

«Nein, das weiß ich leider nicht», antwortete Frau Fischer. «Astrid sagte, es sei ein ungelöstes Geheimnis.»

David bedankte sich bei Frau Fischer und verabschiedete sich.

Mikes erster Stopp war die Universität, an der Astrid als Historikerin gearbeitet hatte. Er hoffte, dort auf Kollegen zu treffen, die vielleicht mehr Licht in die dunklen Umstände ihres Todes bringen könnten.

Das alte Universitätsgebäude strahlte eine ernste Würde aus. Mike betrat es mit dem Gefühl, dass jeder Stein in diesen Wänden Geschichten zu erzählen hatte.

Er fand sich schnell in den Korridoren der Geschichtsabteilung wieder und klopfte an die Tür von Professor Martin Henley, einem engen Kollegen von Astrid.

«Professor Henley? Mein Name ist Mike Sullivan, ich untersuche den Fall Astrid Maier. Könnten Sie sich kurz Zeit nehmen, um ein paar Fragen zu beantworten?»

Professor Henley, ein Mann mit zerzaustem Haar und einer Brille, die ständig auf die Spitze seiner Nase zu rutschen schien, nickte. «Natürlich, kommen Sie herein. Astrid war eine brillante Historikerin, ihr Tod ist ein großer Verlust für uns alle.»

Mike nahm in dem überfüllten Büro Platz. «Wissen Sie, ob Astrid Probleme hatte oder sich bedroht fühlte?»

Der Professor lehnte sich nachdenklich in seinem Stuhl zurück. «Astrid war in letzter Zeit etwas abwesend, das stimmt. Sie schien besorgt, fast ängstlich, aber sie sprach nie offen darüber. Ich dachte, es sei der Druck ihrer Forschungsarbeit.»

«Hat sie jemals jemanden erwähnt, der sie beunruhigen könnte? Vielleicht jemand aus ihrem beruflichen Umfeld?», hakte Mike nach.

«Nicht direkt», antwortete Henley. «Aber sie erwähnte einen Mann, der sie bei ihrer Arbeit in der Bibliothek beobachtete. Er schien ein besonderes Interesse an ihren Dokumenten zu haben. Ich glaube, sie fand seine Anwesenheit unangenehm.»

Mike machte eine Notiz. «Wissen Sie, wie dieser Mann hieß?»

«Nein, das sagte sie nie. Aber es war ungewöhnlich, da Astrid normalerweise nicht von solchen Dingen sprach.»

Nachdem das Gespräch beendet war, bedankte sich Mike und verließ das Büro. Er hatte das Gefühl, dass jede Information, so klein sie auch sein mochte, sie dem Täter ein Stück näher brachte.

Sein nächster Halt war die Bibliothek, wo Astrid ihre letzten Forschungsarbeiten durchgeführt hatte. Während er die hohen Regale und die stillen Lesesäle durchquerte, spürte er die Last der Geschichte, die in diesen Wänden lebte. Er näherte sich der Bibliothekarin, einer älteren Frau mit strengem Blick, die hinter dem Informationsschalter saß.

«Guten Tag, ich bin Kommissar Mike Sullivan. Ich arbeite an dem Fall von Astrid Maier. Können Sie sich an jemanden erinnern, der in letzter Zeit ein auffälliges Interesse an ihren Forschungen gezeigt hat?»

Die Bibliothekarin runzelte die Stirn. «Es gab einen Mann, der häufig hier war, wenn Astrid arbeitete. Er schien sehr interessiert an den alten Büchern, aber auch… etwas merkwürdig.»

«Können Sie diesen Mann beschreiben?», fragte Mike.

«Groß, schlank, immer in dunkle Kleidung gehüllt. Er hatte eine gewisse Intensität in seinem Blick. Ich fand ihn etwas unheimlich», beschrieb sie.

Mike nickte dankend und machte sich weitere Notizen. Als er die Bibliothek verließ, wuchs in ihm die Überzeugung, dass der mysteriöse Mann in der Bibliothek der Schlüssel zu dem ganzen Fall sein könnte.

Später am Tag trafen sich die drei im Büro. Während ihres Treffens teilten sie ihre Erkenntnisse mit.

David begann: «Ich habe mit Astrids Mann gesprochen. Er erwähnte, dass Astrid sich von einem Mann in der Bibliothek beobachtet fühlte. Sie nannte ihn Moritz. Auch Astrids Mutter sprach von einer flüchtigen Bekannten von Astrid, einer jungen Frau namens Sarah, die vor Jahren unter ähnlich mysteriösen Umständen verschwand.»

Bei der Erwähnung von Sarahs Namen blickten die anderen beiden erstaunt auf.

Mike Sullivan fügte hinzu: «In der Universitätsbibliothek bestätigten mehrere Personen das Auftreten eines unheimlichen Mannes, der ein intensives Interesse an Astrids Forschung zeigte. Dieser ‚Moritz' scheint eine Schlüsselrolle in dem Fall zu spielen.»

Lara ergänzte: «Ich war bei dem Antiquitätenhändler Weber und habe ein

Foto einer Karte gemacht, die verschiedene historische Orte in der Stadt zeigt. Es könnte ein Muster geben, das uns zum Täter führt.»

Die drei sahen sich an, sich der wachsenden Komplexität des Falls bewusst. «Es sieht so aus, als würden alle Spuren zu diesem Moritz führen», schloss Lara. «Wir müssen seine Identität aufdecken und verstehen, wie er mit Astrid und vielleicht auch mit Sarah verbunden ist.»

Sie holte ihr Handy hervor und zeigte den beiden das Foto der Karte, das sie bei Weber gemacht hatte.

«Diese Markierungen auf der Karte könnten mit den Tatorten des Meisters der Fäden übereinstimmen. Wir sollten sie genauer untersuchen, um zu sehen, ob wir ein Muster erkennen können.»

David studierte das Bild. «Wenn wir diese Markierungen analysieren, könnten wir vielleicht sein nächstes Ziel vorhersagen.»

Mike stimmte zu. «Wir sollten diese Karte mit den bekannten Tatorten abgleichen. Vielleicht ergibt sich ein Muster.»

Mit neuen Informationen ausgestattet, bereiteten sich Lara, David und Mike darauf vor, die Karte weiter zu untersuchen und das nächste Ziel des Meisters der Fäden zu ermitteln, in der Hoffnung, ihn zu fassen, bevor er wieder zuschlagen konnte.

Im Büro verglichen Lara, David und Mike die Karte mit den bekannten Tatorten. Tatsächlich stimmten viele der Markierungen überein. Ein unmarkierter Ort erregte besonders ihre Aufmerksamkeit – ein altes, verlassenes Theater am Stadtrand.

Ihre Schwester Sarah hatte früher dort gearbeitet.

«Das könnte sein nächstes Ziel sein», mutmaßte Lara. «Wir sollten dort so schnell wie möglich hin.»

Kapitel 7

In der Dämmerung erreichten sie das Theater. Die Atmosphäre war unheimlich, jedes Geräusch hallte durch die verlassenen Korridore. Sie bewegten sich vorsichtig vorwärts, ihre Taschenlampen durchschnitten die Dunkelheit.

Die Stille des Theaters wurde jäh durch ein leises Geräusch unterbrochen – das Klirren von Metall, das durch die hallenden Räume drang.

Instinktiv hielten alle drei inne, die Ohren gespitzt und die Sinne geschärft. Sie tauschten Blicke aus, eine stumme Kommunikation, die ihre Anspannung und Wachsamkeit widerspiegelte.

Vorsichtig, mit jeder Bewegung bedacht, bewegten sie sich weiter, ihre Taschenlampen erhellten den Weg vor ihnen.

Mit vorsichtigen, aber entschlossenen Schritten und gezogenen Waffen näherten sie sich langsam der Quelle des Geräusches. Mit jedem Schritt, den sie auf die große Bühne des Theaters zu machten, wurde das Klirren deutlicher und dringlicher.

Als sie schließlich den Bühnenbereich erreichten, bot sich ihnen ein unerwartetes und grausiges Bild: Die Scheinwerfer waren – wider alle Erwartung – eingeschaltet und beleuchteten eine makabre Szene, die in der Mitte der Bühne arrangiert war.

In der Mitte der Bühne lag der leblose Körper eines Mannes, kunstvoll drapiert und in historische Gewänder gehüllt. Sein Gesicht war bleich, die Augen offen und starr, und er war in einer dramatischen Pose arrangiert, als ob er mitten in einer Vorstellung gefroren wäre.

«Zu spät», hauchte David, seine Stimme kaum mehr als ein Flüstern in der gespenstischen Stille des Theaters. Sein Blick war auf den Körper gerichtet, und in seinem Blick lag eine Mischung aus Fassungslosigkeit und Entsetzen.

Lara trat näher heran, ihre Hand zitterte leicht, als sie den Puls des Mannes überprüfte – nichts.

«Er ist tot», sagte sie leise. «Ein weiteres Opfer des Meisters der Fäden.»

Sie untersuchte die Szene weiter. Jedes Detail schien sorgfältig gewählt, jedes Element des Arrangements diente dazu, eine Botschaft zu übermitteln. «Es ist eine Warnung, eine Herausforderung», murmelte Lara.

Bevor sie das Theater verließen, kontaktierte Lara die Spurensicherung, um eine gründliche Untersuchung des alten Gebäudes zu veranlassen. Sie wusste, dass jedes noch so kleine Detail, das sie möglicherweise übersehen hatten, von entscheidender Bedeutung sein könnte.

Angesichts der fortgeschrittenen Stunde – es näherte sich bereits Mitternacht – und der anhaltenden Strapazen der letzten Stunden, kamen Lara, David und Mike überein, dass es am besten sei, für ein paar Stunden Ruhe zu finden.

Sie beschlossen, sich in ihren jeweiligen Wohnungen etwas Schlaf zu gönnen, um am nächsten Morgen mit neuer Energie und Klarheit weiterzumachen.

Am nächsten Morgen, gezeichnet von den Ereignissen der vorherigen Nacht, trafen sich Lara, David und Mike im Büro. Die Atmosphäre war gedämpft, die Ereignisse im Theater hatten bei allen dreien ihre Spuren hinterlassen.

Kaum hatten sie sich gesetzt, als ein Anruf von der Spurensicherung einging.

«Wir haben die Identität des Opfers bestätigt», erklärte der Beamte am anderen Ende der Leitung. «Es handelt sich um einen Herrn Friedrich Altmann, einen ehemaligen Bühnenbildner, der vor einigen Jahren in Rente gegangen ist.»

Lara machte sich Notizen. «Haben Sie noch weitere Informationen zu Herrn Altmann?»

«Nur, dass er in der Theaterwelt ziemlich bekannt war», antwortete der Beamte. «Er hat an zahlreichen großen Produktionen mitgewirkt und galt als Künstler mit außergewöhnlichem Talent.»

Nachdem sie aufgelegt hatten, tauschten sie Blicke aus.

«Ein Bühnenbildner, der in Rente gegangen ist», murmelte David. «Warum würde der Täter sich auf ihn konzentrieren?»

«Es muss eine Verbindung geben, vielleicht durch seine Arbeit im Theater», spekulierte Mike. «Vielleicht hat Altmann irgendwann mit Sarah oder einem ihrer Bekannten zusammengearbeitet.»

«Wir sollten mehr über Altmanns Karriere und seine Verbindungen herausfinden», schlug Lara vor. «Es könnte uns helfen, das Motiv des Mörders besser zu verstehen.»

Sie verbrachten den Vormittag damit, Altmanns beruflichen Werdegang zu durchleuchten und mögliche Verbindungen zu früheren Fällen oder zu Sarah zu suchen.

Jedes Detail, das sie fanden, könnte ein entscheidendes Puzzlestück in diesem komplizierten Fall sein.

Entschlossen, mehr über Friedrich Altmann zu erfahren, beschlossen Lara, David und Mike, sich aufzuteilen und in Altmanns Umfeld Befragungen durchzuführen.

Ihre Ermittlungen führten sie zu ehemaligen Kollegen, Freunden und Bekannten des verstorbenen Bühnenbildners.

Lara besuchte zuerst das Theater, in dem Altmann jahrelang gearbeitet hatte. Sie sprach mit dem derzeitigen Bühnenmanager, der sich lebhaft an Altmann erinnerte.

«Friedrich war ein Meister seines Fachs, besonders wenn es um Bühnenbilder des 19. Jahrhunderts ging», erzählte er. «Er konnte eine Ära mit seiner Kunst zum Leben erwecken. Es ist tragisch, was ihm widerfahren ist.»

David entschied sich dafür, Altmanns Nachbarn zu befragen.

Eine ältere Dame, die seit Jahren neben ihm wohnte, erzählte ihm: «Friedrich war immer so ein ruhiger Mann. Nach seiner Pensionierung hat er sich noch mehr in seine Arbeit vertieft. Er sagte einmal, dass er ohne die Bühne nicht leben könne.»

Mike traf sich mit einigen von Altmanns ehemaligen Kollegen in einem nahegelegenen Café.

Einer von ihnen, ein ehemaliger Lichttechniker, teilte mit: «Friedrich hatte ein Auge für Details, wie kein anderer. Wenn es um Bühnenbilder des 19. Jahrhunderts ging, war er der Beste. Er hatte allerdings auch seine Geheimnisse. Manchmal schien er fast besessen von seinen Entwürfen.»

Nachdem sie ihre Informationen zusammengetragen hatten, trafen sie sich wieder im Büro.

«Es scheint, als wäre Altmanns Spezialisierung auf das 19. Jahrhundert der Schlüssel», resümierte Lara. «Er wäre früher oder später als Verdächtiger in Erscheinung getreten, besonders wenn man bedenkt, wie die Opfer inszeniert wurden.»

«Ja, es wirkt fast so, als hätte der Täter ihn aus dem Weg räumen wollen, bevor wir eine Verbindung herstellen konnten», fügte David hinzu.

Mike nickte zustimmend. «Wir müssen tiefer graben. Altmanns Arbeit und seine Verbindungen könnten uns direkte Hinweise auf den Täter geben. Es ist, als ob er ein Teil eines größeren

Puzzles war, das wir noch nicht vollständig sehen.»

Sie stimmten darin überein, dass es notwendig ist, Altmanns Vergangenheit und seine Beziehungen genauer zu untersuchen, um dem Täter einen Schritt näher zu kommen.

Lara konzentrierte sich darauf, Altmanns professionelle Laufbahn zu untersuchen. Sie fand heraus, dass Altmann in den 1980er Jahren seine Karriere begann und sich schnell einen Namen als talentierter Bühnenbildner machte.

Sein Markenzeichen waren detaillierte und historisch genaue Bühnenbilder, insbesondere aus dem 19. Jahrhundert. Er war bekannt für seine akribische Arbeit und sein tiefes Verständnis für die Geschichte, was ihm in der Theaterszene großes Ansehen einbrachte.

David traf sich mit Altmanns ehemaligen Arbeitskollegen und Freunden. Alle beschrieben ihn als einen stillen, aber freundlichen Menschen, der seine Arbeit über alles liebte.

Ein ehemaliger Schauspieler erinnerte sich: «Friedrich war ein Künstler durch und durch. Er hat sich nie in den Vordergrund gedrängt, aber seine Bühnenbilder sprachen Bände. Ich habe nie etwas Verdächtiges an ihm bemerkt.»

Mike suchte nach möglichen Verbindungen zwischen Altmann und früheren Opfern oder Verdächtigen.

Er fand jedoch keine offensichtlichen Verknüpfungen. Altmanns Leben schien hauptsächlich aus seiner Arbeit und einer kleinen Gruppe von Freunden und Familie zu bestehen.

Mike stellte fest: «Es gibt nichts, was darauf hindeutet, dass Altmann in irgendwelche dubiosen Aktivitäten verwickelt war. Sein Leben war das Theater, und er war in seiner Gemeinschaft sehr geschätzt.»

Als sie ihre Ergebnisse im Büro zusammenfassten, waren sie sich einig, dass Altmann ein unschuldiges Opfer zu sein schien.

«Es sieht so aus, als hätte der Täter Altmann wegen seiner Fähigkeiten und seines Wissens über das 19. Jahrhundert ausgewählt», mutmaßte Lara. «Vielleicht war er ein Werkzeug in einem größeren Plan, vielleicht sogar ohne sein Wissen.»

«Ja, es könnte sein, dass Altmanns Expertise für den Täter von besonderer Bedeutung war», stimmte David zu. «Aber warum musste er sterben? Was hat der Täter damit bezweckt?»

Kapitel 8

Das Telefon klingelte. Eine dringende Nachricht von der Zentrale. Herr Weber, der Antiquitätenhändler hatte darum gebeten, dringend mit ihr zu sprechen.

Als Lara, David und Mike bei Herrn Weber ankamen, fanden sie den Antiquitätenhändler sichtlich aufgeregt vor.

«Gestern Abend war jemand hier, der eine Tätowierung an der Hand hatte – genau wie das Symbol, das Sie mir gezeigt hatten», begann er hastig. «Der Mann hat einige antike Marionetten gekauft und mit einer Kreditkarte bezahlt. Sein Name ist Moritz Müller.»

Er reichte Lara einen Zettel mit einer Adresse, seine Hand zitterte leicht vor Aufregung.

Auf dem Weg zu dessen Wohnung diskutierten Lara, David und Mike die Möglichkeit, dass Herr Müller der Täter sein könnte. Die abgelegene Lage und die Verbindung zu den Marionetten passten ins Bild.

«Warte», sagte David plötzlich. «Moritz Müller? Könnte das derselbe Moritz sein, von dem Astrids Familie gesprochen hat? Der Mann, der in der Bibliothek war und Astrid beobachtet hat?»

Lara runzelte die Stirn. «Das ist durchaus möglich. Es wäre kein Zufall, wenn derselbe Name in beiden Kontexten auftaucht. Besonders, wenn man die Tätowierung und seine offensichtliche Faszination für historische Objekte bedenkt.»

Mike nickte zustimmend. «Das verstärkt den Verdacht. Wenn Moritz Müller der Mann aus der Bibliothek ist und jetzt mit diesen spezifischen Marionetten in Verbindung gebracht werden kann, dann haben wir vielleicht unseren Hauptverdächtigen.»

«Wir müssen vorsichtig sein», warnte Lara. «Wenn er der Täter ist, könnte er gefährlich sein. Wir sollten uns auf alles vorbereiten.»

Als sie Herrn Müllers Adresse erreichten, spürten sie eine Mischung aus Anspannung und Entschlossenheit.

Dies könnte der Moment sein, in dem sie dem Geheimnis des Meisters der Fäden endlich auf die Spur kommen.

Im Inneren von Moritz Müllers Wohnung entdeckten Lara und Mike eine kleine, verlassene Werkstatt, die wie eine verlassene Bühne eines Puppenspielers wirkte.

Überall lagen Holzstücke, zerstreute Werkzeuge und halbfertige Marionetten, als ob jemand mitten in der Arbeit abrupt aufgehört hätte. Eine dicke Staubschicht bedeckte alles, und in der Luft hing ein Geruch von altem Holz und verwittertem Material.

Die Werkstatt schien schon seit einiger Zeit nicht mehr benutzt worden zu sein.

Mike durchwühlte die Werkstatt, öffnete Schubladen und untersuchte jedes Regal auf Hinweise.

«Sieht aus, als ob wir wieder einmal zu spät sind», murmelte er frustriert. «Jedes Mal, wenn wir einem Schritt näher zu kommen scheinen, entgleitet uns der Täter.»

Lara konzentrierte sich auf einen Tisch in der Ecke der Werkstatt, der mit verschiedenen Papieren bedeckt war. Sie breitete die Blätter aus und studierte die darauf befindlichen Entwürfe und Skizzen von Marionetten. Jedes Detail, jede Linie auf den Zeichnungen war präzise und kunstvoll.

«Diese Entwürfe… sie ähneln auffallend denen, die wir an den Tatorten gefunden haben», sagte sie nachdenklich.

Als Lara weiter die Gegenstände auf dem Tisch durchging, fiel ihr ein Umschlag ins Auge, der sorgfältig in einer Ecke platziert war.

Er war an ‚Moritz Müller' adressiert. Mit vorsichtigen Bewegungen öffnete sie den Umschlag und entnahm einen Brief, der auf den ersten Blick wie eine unscheinbare Einkaufsliste aussah.

Sie überflog die aufgelisteten Gegenstände – Holzstücke, spezielle Farben, feine Schnüre. Diese Liste deutete stark darauf hin, dass Müller möglicherweise nur ein Mittelsmann war, jemand, der die benötigten Materialien und Werkzeuge für den eigentlichen Täter beschaffte.

Lara hielt den Brief hoch, damit auch Mike einen Blick darauf werfen konnte.

«Das erklärt vielleicht, warum die Werkstatt verlassen aussieht. Müller könnte nur der Lieferant gewesen sein, nicht derjenige, der die Marionetten tatsächlich herstellt», mutmaßte sie.

Lara legte den Brief zurück auf den Tisch und blickte nachdenklich in den Raum.

«Das passt nicht zusammen», murmelte sie. Ihre Augen ruhten auf den halbfertigen Marionetten, als ob sie dort Antworten finden könnte. «Wenn Herr Müller nur als Mittelsmann agierte, bleibt die Frage: Wer ist der eigentliche Täter?

Vielleicht ist Müller nur ein Teil eines größeren Puzzles. Wir müssen tiefer graben, um die wahren Fäden dieses Falles zu entwirren», stimmte Mike zu.

Nachdem sie jede Ecke von Müllers Wohnung und Werkstatt durchsucht hatten, verließen Lara, David und Mike das Gebäude.

Zurück in ihrem Dienstwagen griff Lara entschlossen zu ihrem Telefon und wählte die Nummer der Zentrale.

Ihre Stimme war fest und bestimmt, als sie sprach: «Ich möchte eine umgehende Fahndung nach Moritz Müller ausgeben.» Sie machte eine kurze Pause, um sicherzustellen, dass ihre Anweisung verstanden wurde.

«Es gibt begründeten Verdacht, dass er als Mittelsmann für den Täter agiert hat. Vielleicht ist er auch selbst der Täter.»

Im Büro überlegten Lara, David und Mike ihr weiteres Vorgehen. «Wenn Herr Müller nur ein Mittelsmann ist, müssen wir herausfinden, wofür er bezahlt wurde», sagte Lara.

Da klingelte ihr Telefon. Lara ging dran. «Verstanden», sagte sie und legte auf. «Herr Müller wurde gestern Abend in der Nähe eines Garagenkomplexes gesehen. Vielleicht befindet er sich ja noch dort. Lasst uns direkt hinfahren.»

Am Abend davor:

In dem unscheinbaren Garagenlager, wo Müller angeblich zuletzt gesehen worden war, stand der Täter. Vor ihm, gefesselt und sichtlich ängstlich, saß Herr Müller, der Mann, der ihm in den vergangenen Monaten gedient hatte.

«Du hast deine Rolle gut gespielt, Müller», sagte der Täter mit einer Stimme, die kalt und berechnend klang. «Aber jede Geschichte muss ihr Ende finden.»

Müller flehte um Gnade, doch der Täter hatte längst entschieden. Mit einer schnellen, präzisen Bewegung beendete er Müllers Leben und ließ seinen leblosen Körper zurück.

Der Täter inszenierte einen weiteren morbiden Akt. Er drapierte Müllers Körper kunstvoll, um eine Nachricht zu hinterlassen – ein weiteres Rätsel für Lara und ihr Team.

Als der Täter den Schauplatz verließ, war nur die stille Nacht Zeuge seines dunklen Werks. Der einzige Mensch, der seine Identität verraten könnte, war beseitigt.

Lara, David und Mike erreichten den verlassenen Lagerkomplex am Stadtrand, wo Herr Müller zuletzt gesehen worden sein sollte.

Doch statt Hinweisen auf seinen Verbleib fanden sie eine grausige Inszenierung vor: Herr Müllers Körper war theatralisch in Szene gesetzt, ähnlich den Marionetten, die sie zuvor entdeckt hatten.

«Er hat Müllers Tod inszeniert, um uns zu verwirren», sagte Lara leise, während sie den Tatort untersuchte.

«Jetzt gibt es keinen Anhaltspunkt mehr für uns», antwortete David.

Lara richtete sich auf und blickte in die Ferne. «Das bedeutet, der Täter ist noch irgendwo da draußen. Und er hat gerade unsere letzte Spur ausgelöscht.»

Kapitel 9

Nach dem furchtbaren Fund im Garagenlager kehrten Lara, David und Mike ins Büro zurück, um ihre nächsten Schritte zu planen.

Kaum hatten sie sich gesetzt, als ein Anruf sie überraschte: Thomas Richter, Sarahs ehemaliger Theaterkollege und ein lange vermisster Schlüsselzeuge, war aufgetaucht und wollte sprechen.

Sie trafen sich mit Richter in einem abgeschiedenen Café. Er sah abgekämpft aus, als ob das Gewicht der letzten Jahre schwer auf ihm lastete.

«Ich weiß, dass ihr Fragen habt», begann er. «Ich bin gekommen, um sie zu beantworten.»

Lara und David saßen ihm gegenüber, ihre Blicke durchdringend. «Wo waren Sie die letzten fünf Jahre, Herr Richter?», fragte Lara direkt.

Richter seufzte. «Ich habe mich versteckt. Nach Sarahs Verschwinden geriet mein Leben außer Kontrolle. Ich hatte Angst, in die Sache hineingezogen zu werden.»

«Warum kommen Sie jetzt zurück?», hakte David nach.

«Mein Gewissen», antwortete Richter. «Ich kann nicht länger schweigen. Ich weiß, dass ihr nach dem Täter sucht. Ich habe Dinge gesehen und gehört, die vielleicht helfen können.»

Lara und David tauschten Blicke. «Was genau haben Sie gesehen und gehört?», fragte Lara.

Richter zog ein Bündel abgenutzter Tagebücher hervor.

«Das sind Sarahs Tagebücher. Ich fand sie kurz nach ihrem Verschwinden. Sie haben mich sehr verwirrt. Ich habe sie einem guten Freund zur Aufbewahrung gegeben, der allerdings nur wusste, dass er auf etwas aufpassen soll. Er wusste nicht, was darin ist. Vielleicht können Sie etwas damit anfangen.»

Die Ermittler nahmen die Tagebücher entgegen und begannen sofort, sie zu durchsuchen. Die Einträge waren eine Mischung aus alltäglichen Beobachtungen und tiefen, oft verwirrten Gedanken.

In einem Eintrag stand: «Manchmal fühle ich mich, als ob Schatten hinter mir her sind. Ich drehe mich um, aber da ist nie jemand. Es ist so real, dass es mir angst macht.»

Ein anderer Eintrag bezog sich auf das Theaterstück «Das Echo der Vergangenheit», in dem Sarah eine Hauptrolle gespielt hatte: «Das Stück spricht zu mir auf eine Art und Weise, die ich nicht erklären kann. Es ist, als ob die Charaktere lebendig werden und mir etwas sagen wollen.»

Weitere Notizen deuteten darauf hin, dass Sarah sich zunehmend isoliert fühlte: «Ich weiß nicht, wem ich vertrauen kann. Selbst im Theater, meinem einstigen Zufluchtsort, fühle ich mich beobachtet.»

«Es scheint, als hätte sie sich in ihrer letzten Zeit extrem verfolgt gefühlt», sagte David nachdenklich. «Das hat sie uns gegenüber ja auch immer wieder angedeutet», meinte Lara.

«Das Echo der Vergangenheit. Wird das Stück noch irgendwo aufgeführt?», fragte David.

Lara tippte auf ihrem Laptop, suchte nach Informationen über das Stück «Das Echo der Vergangenheit». «Es scheint, als ob es in einem kleinen Theater am Stadtrand noch aufgeführt wird», sagte sie.

«Vielleicht versteckt sich in diesem Stück eine Botschaft oder ein Hinweis, der uns weiterhelfen kann.», murmelte David.

Sie beschlossen, das Theater zu besuchen und die aktuelle Produktion des Stücks zu beobachten. Vielleicht würden sie dort auf eine Spur stoßen, die sie zum Täter führen könnte.

Am Abend des nächsten Tages saßen Lara, David und Mike im Publikum des kleinen Theaters, umgeben von der gedämpften Aufregung der anderen Zuschauer.

Während des Stückes, beobachteten sie aufmerksam jede Szene, jeden Dialog, in der Hoffnung, etwas Ungewöhnliches zu entdecken.

Das Stück war ein emotionales Drama, das von Verlust, Liebe und Verrat handelte.

Es gab Momente, in denen sie Sarahs Einfluss zu spüren glaubten, besonders in den intensiveren Szenen, die an ihre eigenen Erfahrungen zu erinnern schienen.

In der Pause trafen sie sich hinter der Bühne, um mit dem Regisseur und einigen Schauspielern zu sprechen.

Lara ergriff das Wort: «Wir interessieren uns besonders für die Geschichte dieses Stücks. Wissen Sie, ob Sarah Keller irgendwelche besonderen Verbindungen zu diesem Stück hatte?»

Der Regisseur, ein älterer Mann mit durchdringendem Blick, nickte nachdenklich.

«Sarah Keller? An die kann ich mich erinnern. Sie war großartig. Es war, als hätte sie eine persönliche Verbindung zu der Geschichte. Tatsächlich habe ich früher, in einem anderen Theater, mit ihr zusammengearbeitet.»

«In einem anderen Theater?», hakte Mike nach. «Erinnern Sie sich zufällig, wer damals der Bühnenbildner war?»

Der Regisseur überlegte kurz. «Oh ja, das war Friedrich Altmann. Ein bemerkenswerter Künstler. Er und Sarah hatten eine besondere Verbindung; sie schätzten beide die Authentizität und Lebendigkeit der Bühnenbilder sehr.»

Diese Information ließ alle drei aufhorchen.

«Das könnte bedeuten, dass Altmann und Sarah sich kannten, vielleicht sogar besser, als wir dachten», mutmaßte David.

Nachdem sie das Theater verlassen hatten, waren Lara, David und Mike nachdenklicher als zuvor.

«Dies könnte ein entscheidendes Element in unserem Fall sein», sagte Lara. «Altmanns Verbindung zu Sarah könnte uns einen tieferen Einblick in das Motiv des Mörders geben.»

«Wir müssen Altmanns und Sarahs Vergangenheit weiter erforschen», stimmte David zu. «Es gibt möglicherweise mehr Verbindungen zwischen ihnen, als wir bisher angenommen haben.»

Kapitel 10

Zurück im Büro vertieften sich Lara, David und Mike in die Erforschung von Sarahs Vergangenheit, insbesondere ihrer Zeit am Theater.

Sie kontaktierten ehemalige Kollegen und Freunde von Sarah, um mehr über ihr Verhalten und ihre Beziehungen in den Wochen vor ihrem Verschwinden zu erfahren.

Eine ehemalige Schauspielkollegin von Sarah erinnerte sich: «Sarah war immer so lebhaft und engagiert, aber in ihren letzten Monaten am Theater wirkte sie abwesend und besorgt.

Sie sprach oft davon, dass sie sich gefangen fühlte, als wäre sie Teil eines Spiels, das sie nicht kontrollieren konnte.»

Diese Aussage bestärkte die Ermittler in ihrer Vermutung, dass Sarahs Verhalten und ihre Rollenwahl im Theater eng mit ihrem späteren Verschwinden verknüpft waren.

Parallel dazu analysierten sie erneut die Tagebücher.

Ein Eintrag stach besonders hervor: «Ich fühle mich wie eine Figur in einem Stück, das ich nicht geschrieben habe. Mein Leben fühlt sich an wie ein vorbestimmtes Drehbuch, dem ich nicht entkommen kann.»

«Das klingt fast so, als hätte sie sich in einer Art real gewordenen Theaterstück gefangen gefühlt», sagte David nachdenklich.

Sie fühlten sich zurückgesetzt in die Zeit vor fünf Jahren. Haben sie damals etwas übersehen?

Lara, David und Mike waren in Gedanken versunken, als sie Sarahs Tagebücher erneut durchgingen. «Haben wir damals etwas übersehen?», fragte Lara. «Ihre Worte klingen so verzweifelt.»

David blickte auf, sein Gesichtsausdruck war nachdenklich.

«Ich habe mir über Sarah Gedanken gemacht. Nachdem sie verschwand, habe ich die Hoffnung aufgegeben, sie jemals zu finden. Ich zog mich zurück, weil ich dachte, dass ich als Bruder und Ermittler versagt habe.»

«Du hast nicht versagt. Dieser Fall… er ist komplexer als alles, was wir je erlebt haben. Aber jetzt, wo wir Thomas Richter überwachen, könnten wir der Lösung näher sein.»

David nickte langsam. «Ich hoffe es. Es fühlt sich an, als würde ein Teil von mir fehlen, seit Sarah weg ist. Ich kann nicht ruhen, bis wir wissen, was mit ihr passiert ist.»

Lara setzte sich ihm gegenüber, ihre Miene ernst und nachdenklich. «David, wir haben nie wirklich über Sarah gesprochen, seit sie verschwunden ist», begann sie.

David seufzte tief.

«Ich weiß. Ich habe es vermieden. Nach ihrem Verschwinden fühlte ich mich so hilflos, so schuldig. Als ihr Bruder hätte ich da sein sollen, um sie zu beschützen.»

Lara nickte, ihre Augen voller Mitgefühl.

«Ich habe mich genauso gefühlt. Als ihre Schwester hätte ich ihre Verzweiflung sehen müssen. Aber wir können uns nicht für etwas verantwortlich machen, das außerhalb unserer Kontrolle lag.»

«Erinnerst du dich an die Wochen vor Sarahs Verschwinden? Sie verhielt sich so merkwürdig.»

David nickte langsam. «Ja, sie war distanziert, nervös und immer über die Schulter blickend. Wenn sie von Gefühlen sprach, beobachtet zu werden, schoben wir es auf den Druck ihrer Rollen. Vielleicht hätten wir genauer hinschauen sollen.»

Lara blinzelte ein paar Tränen aus ihren Augen. «Wir hätten mehr darauf achten sollen. Ich erinnere mich, wie sie eines Abends fast panisch bei mir war, flüsternd, dass jemand ihre Schritte verfolgt. Ich dachte, sie übertreibt.»

«Wir haben es beide gedacht», sagte David mit einem Anflug von Traurigkeit in seiner Stimme. «Ich bereue es so sehr. Als sie verschwand, war es, als hätte ich einen Teil von mir verloren. Ich hätte ihr mehr helfen sollen.»

Lara legte ihre Hand auf Davids. «Wir können uns nicht für das verantwortlich machen, was wir damals nicht sehen konnten. Sarah war gut darin, ihre wahren Gefühle zu verbergen. Wir konnten nicht ahnen, dass es so ernst war.»

David schaute auf ihre Hände. «Ich frage mich manchmal, ob es etwas gab, das wir übersehen haben. Einen Hinweis auf das, was sie wirklich beschäftigte.»

«Vielleicht», sagte Lara nachdenklich. «Aber jetzt haben wir eine Chance, die Wahrheit herauszufinden. Wir müssen stark sein, für Sarah und für uns.»

David nickte entschlossen. «Du hast recht. Wir müssen dieses Kapitel abschließen. Für Sarah und um Frieden zu finden.»

Kapitel 11

In einem abgedunkelten Raum, umgeben von alten Fotos und Zeitungsausschnitten, stand der Täter.

Auf einem Tisch waren große spinnwebenartige Fäden zu sehen, die von Hand geknüpft worden waren.

Er hatte gerade erfahren, dass Thomas Richter zurückgekehrt war.

«Thomas… nach all diesen Jahren», murmelte er leise. «Er hätte niemals zurückkommen sollen.»

Die Beziehung zu Richter war einst leidenschaftlich gewesen, eine heimliche Affäre, die in den Schatten des Theaters begann und ebenso plötzlich endete, wie sie begonnen hatte. Richters Rückkehr warf die Pläne des Meisters durcheinander.

Er ging zu einem Schreibtisch und betrachtete ein altes Foto von sich und Richter.

«Du hast keine Ahnung, Thomas, was du hier wieder anrichtest», flüsterte er.

Der Täter griff nach einem alten Theaterprogramm – «Das Echo der Vergangenheit» – und strich darüber. Seine Augen reflektierten das Licht der einzigen Lampe im Raum, und ein Schatten von Traurigkeit zeigte sich in seinem Blick.

«Es ist Zeit, das letzte Kapitel zu schreiben», sagte er entschlossen. «Ein Finale, das niemand erwarten wird.»

Kapitel 12

Spät in der Nacht, in Davids Haus, herrschte Stille. Plötzlich wurde diese durch das leise Knarren einer Tür unterbrochen.

Eine Gestalt schlich sich hinein und näherte sich leise dem schlafenden David. Innerhalb weniger Sekunden wurde er betäubt und unbemerkt aus dem Haus gebracht.

Am nächsten Morgen erhielt Lara einen Anruf. David war verschwunden. Sofort wurde ihr klar, dass der Täter einen Schritt weitergegangen war – David sollte das nächste Opfer sein.

Panik und Entschlossenheit ergriffen Lara und Mike. Sie mobilisierten sofort das Team und begannen eine fieberhafte Suche.

«Wir müssen ihn finden, bevor es zu spät ist», sagte Lara entschlossen.

Währenddessen erwachte David in einem unbekannten, abgedunkelten Raum. Er war gefesselt und konnte sich kaum bewegen. Vor ihm stand eine Gestalt, die er nicht genau erkennen konnte!

David blinzelte, um seine Augen an das schwache Licht im Raum zu gewöhnen. Die Gestalt trat langsam auf ihn zu.

Es war Sarah, seine Schwester, die er so lange gesucht hatte. Doch die Person, die vor ihm stand, war nicht die Sarah, die er kannte. Ihre Augen funkelten vor Hass und Wahnsinn.

«Sarah?», hauchte David ungläubig. «Warum?»

Sarahs Lippen kräuselten sich zu einem bitteren Lächeln.

«Warum? Weil du und Lara es verdient habt. Ihr habt immer gedacht, ihr seid die Guten, die Perfekten. Aber ihr seid schuld. Schuld am Tod unserer Eltern.»

David starrte sie fassungslos an. «Das war ein Unfall, Sarah. Wir konnten nichts dafür.»

«Das sagst du», erwiderte Sarah scharf. «Aber ich habe es immer gewusst. Ihr habt sie auf diese Reise geschickt, an diesem verhängnisvollen Tag. Ihr habt ihren Tod verursacht.»

David spürte, wie Kälte durch seinen Körper kroch. Er hatte nie geahnt, dass Sarah ihnen die Schuld gab.

David, obwohl überwältigt von der Entdeckung, dass Sarah der Meister der Fäden war, versuchte, logisch zu denken.

«Sarah, warum diese Menschen? Was ist dein Bezug zu ihnen? Maria Medlon, das erste Mordopfer vor vier Jahren, Markus Miller, Astrid Maier und vor allem Friedrich Altmann?»

Sarah trat näher, und ihre Stimme wurde leiser, aber umso bedrohlicher. «Jeder von ihnen war ein Teil meiner Vergangenheit, ein Teil des Theaters, das mich gebrochen hat. Maria Medlon war eine Schauspielerin, die mich damals verdrängte. Markus Miller, ein Regisseur, der mich nie anerkannte. Astrid und Altmann, beide verflochten in den Welten, die ich einst liebte und die mich verraten haben.»

David erkannte nun das volle Ausmaß von Sarahs Wahnsinn.

«Sarah, das musst du beenden. Es ist noch nicht zu spät. Du zerstörst unschuldige Leben.»

Aber Sarah schüttelte nur den Kopf. «Zu spät? Nein, David. Es ist genau die richtige Zeit. Mein letztes Meisterwerk. Du wirst nicht entkommen. Und Lara wird leiden, genau wie ich gelitten habe. Sie alle sind Teil meines Spiels, meiner Rache. Ich habe euer Leben Stück für Stück zerstört, so wie ihr meins zerstört habt.»

Sie ließ David allein, gefesselt und verzweifelt.

Nachdem sie David zurückgelassen hatte, zog sich Sarah in einen abgelegenen Teil ihres Verstecks zurück.

Hier, umgeben von den stillen Zeugen ihres langjährigen Racheplans, ließ sie sich in einen Stuhl sinken und ihre Gedanken in die Vergangenheit schweifen.

Es waren Bilder von Zeiten, in denen sie noch Glück und Unbeschwertheit mit ihrer Familie teilte, gefolgt von den quälenden Erinnerungen an den tragischen Unfall ihrer Eltern.

Sie dachte daran zurück, wie Lara und David insistiert hatten, dass die Eltern jene schicksalhafte Reise antreten sollten – eine Reise, von der sie nie zurückkehren sollten.

Seit diesem Tag nistete sich ein Groll in Sarahs Herzen ein. Sie versuchte, ihn zu ignorieren und sich auf ihre Theaterkarriere zu konzentrieren, aber der Schmerz und die Wut wuchsen nur stetig an.

Das Theater bot ihr einen Zufluchtsort, eine Möglichkeit, ihre inneren Dämonen durch die Kunst auszudrücken, doch es reichte nicht aus.

Die Rollen, die sie spielte, begannen, sich mit ihrer eigenen Realität zu vermischen, und ihre Gedanken wurden immer düsterer.

Ihre Tagebücher wurden zum Ventil für ihre wachsende Paranoia und das Gefühl der Isolation. Sie begann, die Welt als eine Bühne zu sehen, auf der sie unfreiwillig eine tragische Rolle spielte.

In ihrer Verzweiflung und dem schwindenden Bezug zur Realität formte sich der Plan, ihr eigenes Drama zu inszenieren – eine Serie makabrer Akte, die ihre Familie und die Welt zwingen würden, ihre Schmerzen zu erkennen.

Jetzt, in der Dunkelheit ihres Verstecks, umgeben von den Schatten ihrer Taten, empfand Sarah eine seltsame

Mischung aus Genugtuung und tiefer Traurigkeit. Sie hatte ihre Rache erlangt, aber zu einem Preis, der ihre Seele verdunkelt hatte.

Die Erkenntnis, dass sie nun das letzte Kapitel ihres eigenen Stücks inszenieren musste, füllte sie mit Zögern.

Ein Teil von ihr sehnte sich nach Vergebung und einem Ende ihres selbstauferlegten Leidens, doch sie wusste, dass es für solche Hoffnungen zu spät war.

Kapitel 13

In der Zwischenzeit setzten Lara und Mike alles daran, David zu finden.

Sie durchkämmten die Stadt, folgten jeder Spur, jedem Hinweis. Lara fühlte, dass die Zeit davonrannte und dass sie jeden Moment zu spät kommen könnten.

«Wir finden ihn, Lara», sagte Mike. «Wir müssen nur weitermachen.»

Lara und Mike fuhren in tiefer Nachdenklichkeit zum ersten Tatort zurück, dem verlassenen Lagerhaus, wo der Alptraum mit dem Meister der Fäden begonnen hatte. In Laras Gedanken war Sarah immer noch ein Opfer in diesem verworrenen Spiel, eine vermisste Schwester, deren Schicksal ungeklärt blieb.

«Vielleicht finden wir hier einen Hinweis, der uns zu David führt», sagte Lara, während sie das Auto parkte.

Das Lagerhaus wirkte noch düsterer und bedrohlicher als bei ihrem ersten Besuch. Sie betraten es vorsichtig und begannen mit der Durchsuchung, getrieben von der dringenden Hoffnung, David lebend zu finden.

In einem hinteren Teil des Lagerhauses entdeckten sie schließlich eine versteckte Tür, die zu einem abgelegenen Raum führte. Mit angespannter Vorsicht öffneten sie die Tür.

Dort fanden sie David, gefesselt und offensichtlich betäubt, aber am Leben. Lara und Mike befreiten ihn schnell, und er kam langsam zu Bewusstsein.

«Sarah…», murmelte David schwach, als er wieder zu sich kam.

«Was ist mit Sarah?», fragte Lara, während sie ihm half, sich aufzurichten.

David blickte sie an, ein Ausdruck von Schock und Entsetzen in seinen Augen. «Lara… der Meister der Fäden… es ist Sarah.»

Laras Welt schien für einen Moment stillzustehen. «Sarah? Unsere Sarah?», stammelte sie ungläubig.

David nickte langsam. «Sie hat mir alles erzählt. Ihre Rache, ihr Hass… es war alles gegen uns gerichtet.»

Bevor sie weiter darüber sprechen konnten, hörten sie Geräusche. Jemand war im Lagerhaus. Instinktiv zogen sie sich in den Schatten zurück.

Sarah trat in den Raum, überrascht, David befreit vorzufinden. «Ihr hättet nicht hierherkommen sollen», sagte sie kalt.

«Sarah, warum?», fragte Lara, während sie aus dem Schatten trat.

Sarahs Gesicht war ein Abbild von Verzweiflung und Zorn. «Ihr seid schuld. Eure Entscheidungen haben unsere Eltern in den Tod geführt. Jahrelang habe ich im Stillen meinen Schmerz getragen, doch jetzt könnt ihr nicht mehr vor der Wahrheit davonlaufen.»

Lara erkannte, dass es keinen Weg zurück gab. «Sarah, bitte. Beende das.»

Aber es war zu spät. In einem letzten Akt der Verzweiflung griff Sarah nach einem Messer. Doch bevor sie handeln konnte, überwältigten Lara und Mike sie.

Als Sarah in Gewahrsam genommen wurde, blieben Lara, David und Mike zurück, erschüttert von der Enthüllung und den Ereignissen. Sie hatten den Täter gestellt, aber zu einem hohen persönlichen Preis.

«Es ist vorbei», sagte Lara leise, während sie das Lagerhaus verließen. Ein Ort, der nun für immer mit der dunkelsten Seite ihrer eigenen Familie verbunden sein würde.

Epilog

In den Tagen nach der schockierenden Enthüllung über Sarah zog sich eine tiefe Stille über Lara und Davids Leben.

Die Stadt um sie herum schien allmählich zur Normalität zurückzukehren, doch für die beiden blieb die Welt stillstehend, gefangen in einem Wirbel aus Unglauben und Schmerz.

Sie trafen sich in einem kleinen, abgeschiedenen Café am Rande der Stadt, weit entfernt von den neugierigen Blicken der Öffentlichkeit.

Das Café, normalerweise ein Ort lebhafter Gespräche und Gelächter, war an diesem späten Nachmittag fast leer. Das gedämpfte Licht warf lange Schatten über die antiken Möbel und schuf eine zurückgezogene Atmosphäre, die Lara irgendwie passend fand.

Sie saß an einem abgelegenen Tisch, starrte auf ihren kaum berührten Kaffee und wartete auf David. Als er eintrat, war es, als würde er einen Schatten mit sich bringen, eine dunkle Wolke, die unweigerlich über ihnen beiden hing.

David setzte sich ihr gegenüber, seine Augen müde und sein Gesicht gezeichnet von inneren Kämpfen. Eine Weile sagten sie nichts, verloren in ihren eigenen Gedanken und dem schmerzhaften Schweigen, das zwischen ihnen lag.

Schließlich brach Lara die Stille.

«David,» begann sie, ihre Stimme kaum mehr als ein Flüstern, «ich kann es immer noch nicht fassen. Sarah… all das, was sie getan hat. Es fühlt sich an wie ein schlechter Traum.»

David nickte langsam, seine Finger spielten nervös mit dem Rand seines Kaffeebechers. «Ich weiß,» antwortete er leise. «Ich dachte, ich kannte sie. Dachte, ich wüsste, wer Sarah ist. Aber das… das hätte ich nie erwartet.»

Laras Augen füllten sich mit Tränen, während sie nach den richtigen Worten suchte.

«Wir haben sie geliebt, David. Sie war unsere Schwester. Und jetzt… jetzt fühlt es sich an, als hätten wir sie nie wirklich gekannt.»

David sah sie direkt an, in seinen Augen ein Spiegel ihres eigenen Schmerzes. «Das Schlimmste daran ist, ich frage mich, ob es irgendwas gibt, das wir hätten tun können. Hätten wir etwas sehen, etwas anders machen können?»

«Vielleicht,» sagte Lara, «aber wir haben getan, was wir konnten, mit dem, was wir wussten. Wir können uns nicht für das verantwortlich machen, was außerhalb unserer Kontrolle lag.»

Sie saßen eine Weile schweigend da, jeder in seinen Gedanken verloren, als sie versuchten, die zerbrochenen Stücke ihres Verständnisses von Familie und

Vergangenheit wieder zusammenzusetzen.

Mike besuchte die beiden im Café. «Wie geht es euch?», fragte er, als er sich zu ihnen setzte.

«Es ist schwer, Mike. Jeden Tag ein wenig mehr. Aber wir werden durchhalten. Wir müssen.»

Mike nickte verständnisvoll. «Ihr habt etwas Unglaubliches durchgemacht. Nehmt euch die Zeit, die ihr braucht.»

David schaute auf. «Wie geht es mit Sarah weiter?»

«Sie wird psychiatrisch untersucht. Danach wird entschieden, wie es weitergeht. Aber jetzt ist sie in sicheren Händen», antwortete Mike.

Lara seufzte tief. «Es fühlt sich so surreal an. Unsere eigene Schwester, die all das Leid verursacht hat…»

«Manchmal kennen wir die Menschen, die uns am nächsten sind, am wenigsten», sagte Mike nachdenklich. «Aber ihr habt euren Teil getan. Ihr habt die Stadt vor weiterem Schaden bewahrt.»

David blickte durch das Fenster, wo die letzten Sonnenstrahlen des Tages langsam verschwanden. «Es wird Zeit brauchen, damit umzugehen. Aber wir werden es schaffen, Lara. Wir haben immer noch einander.»

Lara nickte, ein schwaches Lächeln zeigte sich auf ihrem Gesicht. «Ja, das haben wir. Und wir werden weitermachen. Für uns. Für diejenigen, die wir verloren haben.»

Die drei saßen noch eine Weile zusammen, getragen von einem stillen Verständnis und der gemeinsamen Erfahrung. Trotz der Dunkelheit, die sie erlebt hatten, war da ein Gefühl der Hoffnung, ein leises Flüstern, dass nach jedem Sturm die Sonne wieder scheinen würde.